L'Amant

FichesdeLecture.com

L'Amant
(Fiche de lecture)

I. INTRODUCTION

L'auteur

Marguerite Duras est née en 1914 à Saïgon et morte en 1996. Elle est à la fois écrivaine et cinéaste. L'auteur passe son enfance et son adolescence en Indochine, pays qui marquera une grande partie de son œuvre.

De retour en France en 1932, Duras fait des études de mathématiques et obtient une licence de droit et de sciences politiques, qui lui ouvrent les portes du Ministère des Colonies où elle exercera ses fonctions de 1935 à 1941. Parallèlement, elle entre dans la résistance et adhère au parti communiste dont elle sera exclue en 1955.

En 1939, Marguerite Duras épouse Robert Antelme, qui sera déporté à Buchenwald en 1944. À sa libération, elle fonde avec lui les Éditions de la Cité universelle. Deux ans plus tard, ils divorcent et Marguerite donne naissance à un fils, Jean Mascolo (dit Outa), fruit de ses amours avec Dyonis Mascolo, rencontré en 1942 et dont elle se sépare en 1957.

Marguerite Duras fréquente assidûment les milieux intellectuels et publie à un rythme soutenu, comme en témoigne sa bibliographie. Associée au mouvement du Nouveau Roman, ses thèmes de prédilection sont l'attente, l'amour, la sensualité féminine ou l'alcool. Son œuvre se distingue par sa diversité et sa modernité qui renouvelle le genre romanesque et bouscule les conventions théâtrales et cinématographiques.

L'œuvre

« L'Amant » est une autofiction de son adolescence dans l'Indochine des années trente, publié en 1984 aux Éditions de Minuit. Elle reçoit le Prix Goncourt la même année. Vendu à 2 240 000 exemplaires toutes éditions confondues, il fut aussi adapté au cinéma par Jean-Jacques Annaud en 1992 dans le film L'Amant. Mais l'auteur, qui se sent dépossédée de son histoire, la réécrit en 1991 sous le titre de « L'Amant de la Chine du Nord ».

II. RÉSUMÉ DU ROMAN

« Un jour, j'étais âgée déjà, dans le hall d'un lieu public, un homme est venu vers moi. Il s'est fait connaître et il m'a dit : Je vous connais depuis toujours. Tout le monde dit que vous étiez belle lorsque vous étiez jeune, je suis venu vous dire que pour moi je vous trouve plus belle maintenant que lorsque vous étiez jeune, j'aime moins votre visage de jeune femme que celui que vous avez maintenant, dévasté. »

La narratrice est sur un bac traversant le Mékong qui doit l'amener au pensionnat à Saigon, elle est accostée par un riche chinois. Celui-ci l'aborde timidement en lui proposant une cigarette, elle refuse. Puis ils commencent à parler, il est étonné de trouver une jeune fille blanche dans un autobus d'indigènes.

On apprend alors que l'adolescente, de quinze ans et demi vit avec sa mère qui est institutrice à Sadec, un village perdu dans une « maison de fonction ». Il y a aussi ses deux frères, l'aîné, violent, mais préféré de sa mère et le cadet, très lié à la jeune fille. Leur mère s'est ruinée en luttant contre la mer via des barrages, sur la propriété qu'elle possède au Cambodge histoire détaillée dans « Un barrage contre le pacifique ».

Le Chinois est âgé de trente-deux ans, il est riche, il a un chauffeur et une limousine. Fils d'un riche commerçant de Cholon, il revient de France où il était parti étudier pour épouser une femme choisie par sa famille qu'il ne connait pas. Lui aussi vient de Sadec, sa famille possède « la grande maison avec les grandes terrasses aux balustrades de céramique bleue ». Il propose à la jeune fille de l'emmener au pensionnat, elle accepte.

Malgré la vingtaine d'années qui les séparent, il est séduit et se déclare à la jeune fille. Il devient son premier amant. Elle semble vivre avec détache-ment cette découverte de la sexualité. Ils se voient dans une garçonnière située dans la ville Chinoise. Elle lui dit de ne pas l'aimer, mais c'est trop tard, il est déjà fou d'elle. Pour la jeune fille, cette relation est d'abord une source de revenus, il la paie, mais aussi une façon de transgresser les règles sociales et familiales. Elle devient une adulte et veut s'affirmer.

Leurs familles respectives désapprouvent, l'époque et le lieu ne se prêtent pas à de telles relations. C'est une jeune fille blanche et pauvre tandis que c'est un riche chinois qui doit se marier. Les relations mixtes sont alors condamnées, mais la mère se montre hypocrite, elle accepte l'argent de l'amant de sa fille.

L'amant chinois initie la jeune femme aux plaisirs de la chair et du cœur, cette dernière pense ne pas l'aimer. Elle nous décrit les rencontres clandestines, les attentes, mais aussi les espoirs déçus. Dans un premier temps, elle se sent femme dans ses bras puis elle découvre qu'elle aspire à autre chose.

La narratrice nous raconte son envie de devenir écrivain et de rentrer à Paris pour y poursuivre ses études. Dans cette seconde partie du récit, Duras réalise qu'elle peut s'épanouir dans la littérature, au même titre, voire davantage que dans l'amour. L'écriture permet de se chercher, celle-ci devient un moteur redoutable d'analyse de soi-même et du monde autour de soi. Elle revient aussi sur la rupture d'une digue menaçant la maison que la famille possède près du Mékong.

L'amant finit par épouser sa fiancée et la jeune fille prend un bateau pour la France. À bord, la mort d'un jeune homme qui s'était jeté dans la mer lui fit, prendre conscience que cet amour où rien n'avait été dit, qui avait été ainsi perdu, elle ne le retrouverait qu'avec cette narration.

Des années plus tard, alors qu'elle est à Paris et qu'elle a ses premiers succès d'écrivaine, elle échange quelques mots au téléphone avec le Chinois qui y est venu en voyage avec sa femme et qui lui avoue que rien n'a changé pour lui.

III. ÉTUDE DES PERSONNAGES

La narratrice

« Je » a quinze ans et demi, c'est une jeune fille au « corps mince, presque chétif, avec des seins d'enfant, fardée en rose pâle et en rouge ». La narratrice est une adolescente française qui vit en Indochine dans les années trente. Elle vit avec sa mère, une institutrice à Sadec, un village perdu, le père est décédé quand elle avait 4 ans. Ils côtoient la misère et la désillusion, la jeune fille apprend à se débrouiller seule et assiste, aux incessants combats maternels pour s'en sortir.

Sa mère qui souhaite tenir son rang d'institutrice la pousse à chercher un riche amant, son grand frère est très brutal, et il y a aussi son petit frère qu'elle adore. La jeune fille pense que sa mère lui préfère son grand frère alors qu'il dilapide l'argent dans le jeu, elle se sent à l'écart lorsqu'elle est envoyée en internat.

Au début du récit, elle évoque sa dernière journée de vacances, elle soit se rendre à l'internat de Saïgon. Ce jour-là, sa tenue vestimentaire est assez originale pour le contexte. Elle porte une robe de soie et des chaussures en cuir à hauts talons, ainsi qu'un chapeau d'homme. Cette tenue n'a rien de conventionnel. L'auteure qualifie de « tenue d'enfant prostituée ».

Lors de la traversée du Mékong, sur le bac, elle rencontre un chinois riche et bien habillé qui est attiré par elle. Ils font connaissance, ses sens sont en émoi. Ils deviennent amants, mais le désir que lui témoigne son amant chinois lui donne provisoirement l'impression d'être aimée et de mériter cet amour, mais elle réalise que ce n'est pas le but unique de sa vie, que l'amour ne comble pas ses manques même s'il peut la rendre heureuse. La jeune fille devient une femme. Cette relation lui permet de transgresser les codes moraux, sociaux et familiaux.

La narratrice nous raconte son envie de devenir écrivain et de rentrer à Paris pour y poursuivre ses études. Elle réalise qu'elle peut s'épanouir dans la littérature, au même titre, voire davantage que dans l'amour. L'amant finit par épouser sa fiancée et la jeune fille prend un bateau pour la France. À bord, elle réalise que peut-être elle l'aimait.

La mère de la narratrice

Le Personnage de la mère est omniprésent dans les récits de Marguerite Duras. Sa mère, Marie Legrand est née en Picardie. Elle suit son époux, Henri Donnadieu, en Indochine, lui donne deux fils et une fille. Quand son époux décède, elle reste en Indochine et souhaite y élever sa famille. Sa ténacité et son courage sont impressionnants.

Dans le récit le personnage de la mère a deux faces : d'un côté elle aime sa fille comme une mère normale, de l'autre côté, son envie d'argent, qu'elle a transmise à ses enfants, la pousse à pratiquement prostituer sa fille. Elle lui donne une robe quasiment transparente, lui achète des chaussures dorées et un chapeau rose d'homme. Cela, la fille l'a compris, et elle l'a accepté, cependant ce sujet n'est jamais explicitement abordé, elles jouent un jeu basé sur des non-dits. Leur relation est alors très ambiguë. Elle désapprouve la relation que sa fille entretient avec le Chinois, mais accepte l'argent de celui-ci.

L'Amant

C'est un homme chinois âgé de trente-deux ans, il est riche, il a un chauffeur et une magnifique limousine noire. Fils d'un riche commerçant de Cholon, il revient de France, où il était parti étudier, pour épouser une femme choisie par sa famille qu'il ne connait pas. Lui aussi vient de Sadec, sa famille possède « la grande maison avec les grandes terrasses aux balustrades de céramique bleue ».

Lors de leur rencontre sur le bac, il tombe amoureux de la jeune fille et lui propose de l'emmener au pensionnat, elle accepte. D'un côté il semble sûr de lui, puisqu'il l'aborde sans la connaître, tel un Don Juan, et cherche à la séduire. Il a de plus tous les signes extérieurs de la richesse, de la voiture « limousine » à la « cigarette anglaise ». Mais d'un autre côté, il se montre timide, voire en proie au malaise. Le champ lexical de la peur le montre : « il est intimidé », « il a moins peur », « sa main tremble », « il vient vers elle lentement ».

C'est lui le plus âgé et donc le plus sage, il sait parfaitement que l'époque et le lieu ne se prêtent pas à de telles relations. C'est une jeune fille blanche et pauvre tandis que c'est un riche chinois qui doit se marier. Les relations mixtes sont alors condamnées.

Il l'initie cependant aux plaisirs charnels de l'amour, toujours patient et aimant, il la voit dans une garçonnière au cœur du quartier chinois, puis la ramène tard dans la nuit au pensionnat. Il finit par épouser celle que son père a choisie pour lui. À la fin du récit, lors d'un voyage avec sa femme, il téléphone à la jeune fille et lui avoue que rien n'a changé pour lui.

IV. AXES DE LECTURE

Le style de Duras

En 1956, Marguerite Duras rencontre Gérard Jarlot, journaliste de métier qui la pousse à effectuer un tournant dans sa création. À partir de ce moment précis, elle met en valeur la distanciation par rapport au sujet, et privilégie les allusions au détriment des descriptions, le non-dit par rapport aux détails. Elle s'éloigne ainsi du Nouveau Roman auquel elle refuse d'être assimilée.

Elle écrit des œuvres en apparence statiques où les héroïnes vivent « sans savoir pourquoi, attendent que quelque chose sorte du monde et vienne à elles » décident d'échapper à la solitude pour donner un sens à leur vie par l'amour absolu, le crime ou la folie. Lors de la publication de « l'Amant », Claude Roy a écrit, à propos de l'auteur qu'« Elle a toujours écrit en épurant de plus en plus : chaque fois un peu moins de mots et un peu plus de silences, un peu moins de cantabile et un peu plus de moderato. Elle a toujours vécu en ajoutant sans retrancher. »

« L'Amant », pour lequel elle a obtenu le Prix Goncourt en 1984, a donné à son auteur une place à part dans la production romanesque du XXe siècle. Délaissant les codes traditionnels, elle s'est concentrée sur le dialogue, les silences, les non-dits, ce que l'on devine des personnages. La simplicité du style et les procédés d'écriture viennent contraster avec la profondeur devinée des personnages, leur ambiguïté, et leurs difficultés à venir dans un monde colonial marqué par de profonds clivages.

La destruction

Avec l'incipit et l'hommage de l'inconnu au visage « détruit » de la femme âgée qu'est devenue Marguerite Duras, l'auteur annonce que le récit de « l'Amant » se concentre sur la destruction. Les propos de l'homme « venu vers elle » rappellent l'incroyable distance qui sépare cette beauté d'autrefois et le visage « dévasté » qu'il a sous les yeux. L'auteur propose alors d'expliquer cette métamorphose. « L'Amant » devient une enquête sur ce travail du temps en nous.

Dans cette ouverture de « L'Amant », Marguerite Duras évoque l'épisode fondateur de son roman autobiographique qui est pour elle l'occasion d'une véritable quête du « moi ».

L'amour impossible

L'amour reste un thème présent dans toute l'œuvre Durassienne. Amour dont elle manque cruellement étant jeune, son père décédé alors qu'elle n'a que quatre ans, sa mère trop occupée à faire avancer la barque familiale. Elle pense que son frère aîné est le préféré.

Le récit débute sur la rencontre entre la jeune fille et l'amant, Marguerite Duras reprend quelques lieux communs de la littérature amoureuse dans sa scène de première rencontre et de coup de foudre. En effet, le riche chinois est sous le charme de la jeune fille blanche.

Le désir que témoigne l'amant chinois à la narratrice lui donne provisoirement l'impression d'être aimée et de mériter cet amour, mais elle réalise que ce n'est pas le but unique de sa vie, que l'amour ne comble pas ses manques même s'il peut la rendre heureuse. De plus elle évoque ses jeunes années passées en Indochine Française avec beaucoup d'affection envers ce pays.

Cependant, dès la scène de rencontre, plusieurs éléments nous indiquent l'impossibilité de leur amour à venir, à l'image des amants tragiques de familles opposées. En effet, la différence de race est un problème majeur dans ce contexte colonial et appelle un amour clandestin.

Puis, il y a un écart d'âge de vingt ans entre eux, elle est jeune et insouciante tandis qu'il doit se marier et répondre aux attentes de son père et de sa famille. Il doit s'en tenir à ce qu'exigent son niveau social et son origine ethnique.

On devine d'avance que la condamnation de leurs communautés respectives empêchera leur union. « L'Amant » est une histoire d'amour tragique, on a l'impression que les deux protagonistes subissent leur histoire, qu'ils savent déjà condamnée à être de courte durée.

L'enfance dans les colonies de Cochinchine

Ses parents se sont installés dans les colonies de Cochinchine. Son père, Henri Donnadieu, est directeur de l'école de Saïgon et sa mère, Marie, y est institutrice. Son père tombe gravement malade et meurt en 1921. La mère achète un terrain, mais se rend compte qu'il est incultivable. Ruinée, elle reprend l'enseignement.

Cette expérience marque profondément l'auteur, en effet, on retrouve l'Indochine dans plusieurs de ses ouvrages, « Un barrage contre le Pacifique », « L'Amant », « L'amant de la Chine du Nord » et « L'Éden cinéma ».

L'auteur y côtoie la misère et la désillusion, apprend à se débrouiller seule et assiste, impuissante, aux incessants combats maternels pour s'en sortir. Duras s'imprègne des habitudes du pays, de son climat, de ses paysages, tous ces éléments entrant dans la composition de ces ambiances qu'elle installe dès la première page du livre. On remarque en outre que le livre débute sur une rencontre sur un bac traversant le Mékong et se termine à bord d'un bateau pour la France, l'eau étant un acteur prépondérant en Asie du Sud-est. Elle dénonce par ailleurs les misères et les oppressions du colonialisme.

La relation mère-fille

Au cours du récit, les relations entre la narratrice et sa mère sont ambigües. À la mort du père, la narratrice est très jeune, la mère décide tout de même rester en Indochine et souhaite y élever sa famille. Elle est désormais seule avec ses enfants dans un milieu assez masculin. On apprend que quelques années plus tôt, celle-ci avait racheté dans des conditions misérables, une concession située au bord du Pacifique. Elle y avait placé toutes ses économies. Trompée, par les administrateurs du cadastre à qui elle avait acheté l'affaire, elle découvre qu'à chaque montée des eaux salées, la culture est impossible. Elle a tenté de poursuivre les administrateurs du cadastre, en vain.

Cet échec relaté dans « un barrage contre le pacifique » montre la ténacité et le courage dont est capable la mère. Cependant, il a aussi laissé la famille dans une condition qui n'était pas la sienne. Dès lors la mère cherche par tous les moyens à gagner de l'argent. Elle a d'ailleurs transmis cette quête d'argent à ses enfants. Sa mère qui souhaite tenir son rang d'institutrice la pousse à chercher un riche amant. La jeune fille pense que sa mère lui préfère son grand frère alors qu'il dilapide l'argent dans le jeu, elle se sent à l'écart lorsqu'elle est envoyée en internat.

Dans le récit le personnage de la mère a deux faces : d'un côté elle aime sa fille comme une mère normale, de l'autre côté, son envie d'argent, qu'elle a transmise à ses enfants, la pousse à pratiquement prostituer sa fille. Elle lui donne une robe quasiment transparente, lui achète des chaussures dorées et un chapeau rose d'homme. Cela, la fille l'a compris, et elle l'a accepté, cependant ce sujet n'est jamais explicitement abordé, elles jouent un jeu basé sur des non-dits. Elle désapprouve la relation que sa fille entretient avec le Chinois, mais accepte l'argent de celui-ci.

Elles sont en constante opposition, ce qui paraît classique puisque la jeune fille est une adolescente en train de devenir une femme. Alors qu'elle se sent délaissée par sa mère, on peut penser que son frère aîné a pris la place du chef de famille. En prenant le riche Chinois pour amant, la jeune fille transgresse les règles sociales et morales, mais aussi les aspirations maternelles. Sa mère veut qu'elle fasse une agrégation de mathématiques tandis que la jeune fille a déjà choisi l'écriture.

À travers son envie de devenir écrivain, elle réalise qu'elle peut s'épanouir dans la littérature, au même titre, voire davantage que dans l'amour. À la fin du récit, la jeune fille est devenue une femme, elle ne semble plus à la recherche de l'amour maternel. On sent poindre chez l'auteur une obstination pour l'écriture qui ne la quittera pas, un peu à l'image de cette force dont fait preuve sa mère dans les plantations d'Indochine.

Le passage à l'âge adulte

« L'Amant » est un également considéré comme un récit de formation. En effet, l'héroïne qui au début de l'ouvrage est une jeune fille encore innocente et naïve va devenir une femme. Peut-être trop jeune, à en juger par la description physique de l'auteur, « corps mince, presque chétif, avec des seins d'enfant, fardée en rose pâle et en rouge ».

La jeune fille grandit et mûrit au cours du récit, elle découvre l'amour, les désillusions, l'amitié ou encore la vie en collectivité dans le pensionnat. Toutes ces découvertes correspondent aussi à des obstacles à franchir.

Tout d'abord, elle doit passer une épreuve physique, il s'agit de son un premier rapport sexuel. Avec ce passage à l'acte, elle quitte le monde de l'enfance et de l'innocence : « la douleur arrive dans le corps de l'enfant. Elle est d'abord vive. Puis terrible. Puis contradictoire [...] C'est alors en effet que cette douleur devient intenable qu'elle commence à s'éloigner. Qu'elle change, qu'elle devient bonne en gémir, à en crier ». À travers cet acte, la narratrice découvre l'amour, mais aussi et dans une certaine mesure, le pouvoir et une certaine libération.

Puis sur le plan moral, elle transgresse les interdits de la société coloniale qui n'accepte pas les relations entre Asiatiques et Européens. Dans une seconde partie, l'auteur se concentre sur ses désirs et s'interroge sur ses envies, ses souhaits ou ses aspirations.

Duras réalise qu'elle peut s'épanouir dans la littérature, au même titre, voire davantage que dans l'amour. L'écriture permet de se chercher, de se trouver, de déterrer ce qui est enfoui et oublié, c'est un moteur redoutable d'analyse de soi-même et du monde autour de soi.

Dans la même collection en numérique

Escadrille 80

Inconnu à cette adresse

La controverse de Valladolid

Les Vilains petits canards

Une partie de campagne

Cahier d'un retour au pays natal

Dora Bruder

L'Enfant et la rivière

Moderato Cantabile

Alice au pays des merveilles

Le faucon déniché

Une vie

Chronique des Indiens Guayaki

Je voudrais que quelqu'un m'attende quelque part

La nuit de Valognes

Œdipe

Disparition Programmée

Education européenne

L'auberge rouge

L'Illiade

Le voyage de Monsieur Perrichon

Lucrèce Borgia

Paul et Virginie

Ursule Mirouët

Discours sur les fondements de l'inégalité

L'adversaire

La petite Fadette

La prochaine fois

Le blé en herbe

Le Mystère de la Chambre Jaune

Les Hauts des Hurlevent

Les perses

Mondo et autres histoires

Vingt mille lieues sous les mers

99 francs

Arria Marcella

Chante Luna

Emile, ou de l'éducation
Histoires extraordinaires
L'homme invisible
La bibliothécaire
La cicatrice
La croix des pauvres
La fille du capitaine
Le Crime de l'Orient-Express
Le Faucon malté
Le hussard sur le toit
Le Livre dont vous êtes la victime
Les cinq écus de Bretagne
No pasarán, le jeu
Quand j'avais cinq ans je m'ai tué
Si tu veux être mon amie
Tristan et Iseult
Une bouteille dans la mer de Gaza
Cent ans de solitude
Contes à l'envers
Contes et nouvelles en vers
Dalva
Jean de Florette
L'homme qui voulait être heureux
L'île mystérieuse
La Dame aux camélias
La petite sirène
La planète des singes
La Religieuse
1984 A l'Ouest rien de nouveau
Aliocha
Andromaque
Au bonheur des dames
Bel ami
Bérénice
Caligula
Cannibale
Carmen

Chronique d'une mort annoncée

Contes des frères Grimm

Cyrano de Bergerac

Des souris et des hommes

Deux ans de vacances

Dom Juan

Electre

En attendant Godot

Enfance

Eugénie Grandet

Fahrenheit 451

Fin de partie

Frankenstein

Gargantua

Germinal

Hamlet

Horace

Huis Clos

Jacques le fataliste

Jane Eyre

Knock

L'homme qui rit

La Bête humaine

La Cantatrice Chauve

La chartreuse de Parme

La cousine Bette

La Curée

La Farce de Maitre Pathelin

La ferme des animaux

La guerre de Troie n'aura pas lieu

La leçon

La Machine Infernale

La métamorphose

La mort du roi Tsongor

La nuit des temps

La nuit du renard

La Parure

La peau de chagrin

La Petite Fille de Monsieur Linh

La Photo qui tue

La Plage d'Ostende

La princesse de Clèves

La promesse de l'aube

La Vénus d'Ille

La vie devant soi

L'alchimiste

L'Amant

L'Ami retrouvé

L'appel de la forêt

L'assassin habite au 21

L'assommoir

L'attentat

L'attrape-coeurs

Le Bal

Le Barbier de Séville

Le Bourgeois Gentilhomme

Le Capitaine Fracasse

Le chat noir

Le chien des Baskerville

Le Cid

Le Colonel Chabert

Le Comte de Monte-Cristo

Le dernier jour d'un condamné

Le diable au corps

Le Grand Meaulnes

Le Grand Troupeau

Le Horla

Le jeu de l'amour et du hasard

Le Joueur d'échecs

Le Lion

Le liseur

Le malade imaginaire

Le Mariage de Figaro

Le meilleur des mondes

Le Monde comme il va

Le Parfum

Le Passeur

Le Petit Prince

Le pianiste

Le Prince

Le Roman de la momie

Le Roman de Renart

Le Rouge et le Noir

Le Soleil des Scortas

Le Tartuffe

Le vieux qui lisait des romans d'amour

L'Ecole des Femmes

L'Ecume Des Jours

Les Bonnes

Les Caprices de Marianne

Les cerfs-volants de Kaboul

Les contes de la Bécasse

Les dix petits nègres

Les femmes savantes

Les fourberies de Scapin

Les Justes

Les Lettres Persanes

Les liaisons dangereuses

Les Métamorphoses

Les Mouches

Les Trois mousquetaires

L'étrange cas du Dr Jekyll et de Mr Hyde

L'Ile Au Trésor

L'île des esclaves

L'illusion comique

L'Ingénu

L'Odyssée

L'Ombre du vent

Lorenzaccio

Madame Bovary

Manon Lescaut

Micromégas

Mon ami Frédéric

Mon bel oranger

Nana

Ne tirez pas sur l'oiseau moqueur

Notre-Dame de Paris

Oliver twist

On ne badine pas avec l'amour

Oscar et la dame rose

Pantagruel

Le Misanthrope

Perceval ou le conte du Graal

Phèdre

Ravage

Roméo et Juliette

Ruy Blas

Sa Majesté des Mouches

Si c'est un homme

Stupeur et tremblements

Supplément au voyage de Bougainville

Tanguy

Thérèse Desqueyroux

Thérèse Raquin

Ubu Roi

Un Barrage contre le Pacifique

Un long dimanche de fiançailles

Un secret

Vendredi ou la vie sauvage

Vipère au poing

Voyage au bout de la nuit

Voyage au centre de la terre

Yvain ou le Chevalier au lion

Zadig

À propos de la collection

La série FichesdeLecture.com offre des contenus éducatifs aux étudiants et aux professeurs tels que : des résumés, des analyses littéraires, des questionnaires et des commentaires sur la littérature moderne et classique. Nos documents sont prévus comme des compléments à la lecture des oeuvres originales et aide les étudiants à comprendre la littérature.

Fondé en 2001, notre site FichesdeLectures.com s'est développé très rapidement et propose désormais plus de 2500 documents directement téléchargeables en ligne, devenant ainsi le premier site d'analyses littéraires en ligne de langue française.

FichesdeLecture est partenaire du Ministère de l'Education du Luxembourg depuis 2009.

Plus d'informations sur www.fichesdelecture.com

ISBN: 978-2-511-02824-7

Notes :